AF494557

PARIS INHABITABLE

PARIS INHABITABLE

CE QUE TOUT LE MONDE PENSE

DES LOYERS DE PARIS

ET QUE PERSONNE NE DIT

PAR

ALEXANDRE WEILL

> J'ai vu les baux de Paris,
> et j'ai écrit ce petit livre.

TROISIÈME ÉDITION

PARIS

DENTU, LIBRAIRE

13, GALERIE D'ORLÉANS, PALAIS-ROYAL

Et chez tous les libraires de Paris

1860

A M. LE BARON HAUSMANN,

SÉNATEUR, PRÉFET DE LA SEINE.

Vous êtes un homme d'imagination, de vouloir et d'énergie. Sous votre main, la vieille cité de Paris s'est transformée en une jeune fée. Le magicien, il est vrai, trône plus haut, mais vous en tenez la baguette, et hommes, palais, maisons, squares et rues disparaissent et apparaissent, avancent et reculent sur un mouvement de votre doigt.

Pendant que vous avanciez à pas de géant, moi, petit nain, tout en vous suivant de loin avec admiration, je me suis glissé dans les maisons, j'ai parlé aux concierges, aux locataires de tous les étages, parfois même aux propriétaires, qui, soit orgueil, soit fausse honte, soit désir de passer pour des esprits, deviennent de plus en plus invisibles, et pendant ces excursions, j'ai recueilli de bonnes petites observations que j'ai l'honneur de vous soumettre.

Vous connaissez l'histoire du clou d'un fer à cheval, racontée par le célèbre Franklin. Paris est une immense locomotive dont chaque clou a son importance. Les mesures pratiques que je vous propose combleront de petites lacunes assez dangereuses, rétabliront l'équilibre troublé, sans ralentir la marche du mouvement, et serviront peut-être d'huile conciliatrice entre les parties qui, se rouillant, commencent à crier. Libre à vous, d'ailleurs, d'en apprécier la valeur. Elles ne sont peut-être pas toutes frappées au coin du bon sens et de la possibilité; peut-être la forme sous laquelle je les présente manque-t-elle parfois de modération. Je vous en fais juge. Mais ce que je puis vous assurer, sans orgueil ni humilité, c'est que je suis l'organe de la majorité des habitants de Paris. Sur cent personnes, au hasard, que j'ai consultées, quatre-vingt-dix-neuf m'ont applaudi.

Vous n'êtes peut-être pas sans savoir qu'en 1848 (dans la *Presse* du 11 et 13 mars), je fus un des premiers à défendre le capital (peu menacé) contre le travail. Qu'il me soit permis aujourd'hui, en m'appuyant sur plusieurs chapitres des Œuvres de S. M. Napoléon III, de prendre la parole en faveur du travail contre l'abus du capital.

Homme de progrès, vous aimez la lumière et le jour, donc vous devez aimer le coq qui annonce ce jour à minuit.

Je suis le coq qui chante, à deux heures du matin, l'égalité devant la loi du capital et du travail, c'est-à-dire de l'instrument de travail et du travailleur! Vous me tordriez le cou, — il n'y aurait qu'un coq de moins!

Mieux vaudrait lui assurer un poulailler, haut de plafond, pas trop haut d'étage, avec de l'air et du jour, et pas trop cher. Ceux que j'ai vus sont si sombres, si laids, si bas, et surtout si exorbitants de prix! — J'aimerais mieux demeurer à Mazas.

ALEXANDRE WEILL.

I.

Tous les peuples sont solidaires les uns des autres, et ne forment, pour ainsi dire, qu'autant de nervures dans le grand corps de l'humanité ; mais chacun de ces peuples se distingue par son caractère particulier auquel correspondent logiquement, sauf l'iufluence du climat, les mœurs et la langue.

Le caractère saillant du peuple français, qui fait et qui fera toujours sa grande supériorité, c'est la tendance à l'unification, à la centralisation. Cette tendance est divine, car c'est là le but de l'humanité. Depuis qu'elle existe, elle n'a procédé que par élimination et absorption pour arriver à l'unité.

Et comme le passé n'est que le moule de l'avenir, on peut hardiment affirmer que le progrès consiste et consistera toujours dans l'unification du genre humain, qui, par l'amour, cette électricité du cœur, tend à converger vers le centre créateur et à se centraliser dans le foyer lumineux de la raison.

De même que le globe est sorti du chaos pour arriver à l'harmonie, de même l'humanité est partie de la confusion pour arriver à l'unité.

Depuis qu'elle existe, la France respire l'unité. Centre de l'Europe, elle tend à devenir le foyer brûlant de l'esprit et de l'intelligence. Elle l'est depuis longtemps et longtemps encore elle le sera! Et comme l'on ne donne que ce que l'on a acquis soi-même, la France s'est d'abord centralisée et a créé sa capitale.

Ce n'est point assez.

Cette capitale, à son tour, s'est centralisée. Le vrai Paris gravite sur l'axe, entre la Madeleine et le boulevard Sébastopol, y compris les rues attenantes et aboutissantes des quartiers du Palais-Royal et de la Chaussée d'Antin.

Plus cette capitale paraît s'étendre, plus elle se rétrécit. Plus on lui annexe de villes et de faubourgs, plus son centre se centralise et gagne en intensité, et comme il a besoin d'envoyer ses rayons et sa vie à une plus grande étendue, il lui faut à son tour une plus grande somme de mouvement et de chaleur.

Et, plus il gagne lui-même en ardeur, plus ses battements deviennent rapides et fiévreux.

Mais, de même que le corps humain périt, si le sang

ne circule pas d'un mouvement égal du cœur aux membres pour retourner au centre, de même une nation, une ville ne saurait durer, si la vie ne communique pas régulièrement du centre aux extrémités et des extrémités au cœur.

Le centre de l'homme éclate s'il y a pléthore. Dans le cœur d'une capitale, la vie, si elle ne circule pas d'une extrémité à l'autre, fermente, se soulève et menace de faire explosion.

C'est là l'état de Paris.

Il y a rupture de mouvement vital entre le centre et la circonférence. La vie du centre est fiévreuse, extravagante, délirante. La boussole du mouvement y est affolée. Locataire comme propriétaire, acheteur comme vendeur, producteur comme consommateur, tous sont frappés de vertige; personne ne songe au lendemain! Tous les rapports de proportion sont rompus dans la vie ordinaire, dans l'appartement, dans une loge de théâtre, dans le café, dans le restaurant, dans le magasin, partout!

A l'exception des propriétaires de Paris et encore propriétaires des vieilles maisons, personne, pas même le sénateur, ne vit plus et ne saurait plus vivre selon les lois de la sagesse ordinaire et du bon sens du père de famille.

Il est naturel que tout le monde désire rester et demeurer dans le centre. Mais, pour y demeurer avec une famille, il faut non-seulement être riche, très-riche, et ne songer qu'à devenir toujours plus riche, mais encore il ne faut pas s'aviser un instant de travailler pour ses enfants. Il faut manger son blé en herbe ou son pain blanc le premier, rien que son pain blanc. Il faut de plus être jeune, car on paie jusqu'à 6,000 fr. un appartement pour monter au quatrième. J'en connais un à 8,000 fr., au cinquième. Il faut surtout n'avoir pas d'enfants, car tout enfant coûte, au centre de Paris, 12 à 1,500 fr. de loyer par an, sans compter que l'enfant est devenu un obstacle pour louer. De même un domestique ne coûte pas moins de 500 fr. de loyer. Il faut un riche mobilier ou bien déposer d'avance la moitié de son loyer au propriétaire, qui en prélève les intérêts à son profit.

Le mariage, dans ces quartiers, est absolument impossible pour un homme qui n'est pas certain de gagner pour le moins 8 à 10,000 fr. par an. Encore faut-il un peu étudier Malthus, sous peine de déménager au bout de cinq ans de mariage, ou bien monter au cinquième, souvent au sixième.

Les corps d'état qui exigent des ouvrières et des employés logés dans la maison y sont devenus d'une impossibilité absolue.

La circulation par les voitures et omnibus, y en eût-il à foison (et il n'y en a pas), ne rétablira jamais l'équilibre entre le centre et l'extrémité de Paris.

Le Parisien vit de son temps.

Or, il faut deux heures d'omnibus, le matin et le soir, pour aller du centre de Paris aux barrières et même plus près. Ces voitures font d'immenses détours. Quand on les a créées, on a compté sur ces détours pour augmenter les revenus. Aujourd'hui ils sont absurdes, mais il faudrait un ordre de l'autorité pour faire changer les omnibus de direction.

Ce n'est pas l'argent qui manque à Paris, mais le temps !

Mieux vaut donc pour l'employé, l'ouvrier, l'artiste, le commerçant, le négociant, enfin pour les neuf-dixièmes des habitants de Paris de s'accrocher au centre et de payer un loyer exorbitant, usuraire, au risque de travailler, lui et ses ouvriers, pour le propriétaire, pourvu qu'en échange de son travail et de celui de ses ouvriers il gagne de quoi nourrir sa famille, ce à quoi, à l'heure qu'il est, sont réduits tous les boutiquiers, commerçants, employés, salariés, tous ceux qui ont été forcés de faire de nouveaux baux ou de chercher de nouveaux logements depuis cinq ans, sauf quelques industries spéciales (1) gagnant 60 0/0.

Qu'on fasse une enquête à ce sujet (je l'ai faite pour vingt baux de mon quartier), et l'on verra que je n'exagère nullement, que je reste plutôt en deçà qu'au delà de la vérité.

De toute nécessité, Paris aura tôt ou tard, pour obvier à cet immense inconvénient et afin de rétablir l'équilibre, des chemins de fer à l'intérieur. Ou Paris

---

(1) Nous verrons plus tard que les cafés des boulevards et l'abus des deux sous aux garçons ont énormément contribué au renchérissement des loyers.

centralisé aura des chemins de fer, soit aériens, soit souterrains, ou il crèvera d'un anévrisme au cœur.

Ce sont les chemins de fer de Paris aux extrémités de la France qui ont triplé, quadruplé la population de Paris et en ont affolé la boussole. Les chemins de fer à Paris même rétabliront cet équilibre troublé.

Similia similibus.

Rien ne sera plus facile. Outre le chemin de ceinture qui, chose inconcevable, ne fonctionne pas pour les Parisiens, on pourrait en construire avec facilité le long de la berge de la Seine. et établir dans les rues larges de la capitale des chemins aériens sur des arcades de fer, hautes de trois mètres seulement, pour que voitures et hommes puissent passer dessous.

On pourrait en faire deux de chaque côté des boulevards, depuis la barrière du Trône jusqu'à la barrière de l'Etoile. Ils seraient un embellissement de plus pour la cité. D'autres chemins pourraient se faire en tunnel. On trouvera bien le moyen de résoudre, en même temps, le problème des égouts.

Disons-le donc tout de suite : les chemins de fer seuls rétabliraient l'égale circulation des extrémités au centre et du centre aux extrémités, car il ne s'agit pas des frais de transport qui monteraient tout au plus, pour chaque locataire, à 100 fr. par an. On pourrait augmenter dans cette proportion le salaire des employés, cela ne leur coûterait que dix minutes de temps, non-seulement pour entrer et sortir, mais pour se promener même. Hélas! il est impossible d'augmenter ce

…aire en proportion du loyer, car il faudrait non le doubler, mais le quadrupler; or, ce ne sont pas les propriétaires qui emploient des ouvriers, mais les grands locataires.

Je viens de toucher à un des plus grands inconvénients de la situation de Paris. Les propriétaires constructeurs peuvent bien augmenter le salaire des ouvriers de construction, tels que maçons, charpentiers, serruriers, menuisiers; le mal ne vient pas des propriétaires qui bâtissent, mais de ceux qui ont profité des démolitions pour tripler les intérêts de leurs *vieilles maisons.*

Encore ces corps de métier forment-ils la grande minorité. *La plupart des ouvriers et ouvrières de Paris sont employés par de grands locataires.* Leur loyer a triplé. La marchandise n'a pas suivi et ne suivra jamais ce mouvement d'ascension, car le loyer de Paris est une chose exceptionnelle, quelque chose comme un fléau d'Égypte. Où donc trouver une compensation? Le locataire d'une maison du centre où il exploite son industrie (il ne pourrait pas l'exploiter dans un autre quartier) a été la victime du plus fort. Dès qu'il trouvera un plus faible, il lui imposera sa loi. Le mal a sa logique comme le bien. Le locataire ne peut se rattraper que sur l'étranger, sur le salaire ou sur la mauvaise qualité de la marchandise, ce qu'il fait de son mieux; car, chose extraordinaire, le chaland étant locataire plutôt que propriétaire, est forcé lui-même de réduire ses dépenses, afin de pouvoir payer son loyer.

…uand il aura falsifié sa marchandise, exploité son

semblable, d'abord comme ouvrier, puis comme acheteur, il pourrait, ne fût-ce que pour l'acquit de sa conscience, se dire : Je ne fais pas cela pour moi, mais pour le propriétaire dont je suis l'homme lige, et, en effet, le locataire industriel du centre est pour ainsi dire attaché à la glèbe. Et non-seulement le loyer a triplé, quadruplé, mais quand on ne peut pas atteindre à une certaine somme, il n'y a plus de loyer du tout!

J'en ai vu pour 1,000 et 1,200 fr. dont je ne voudrais pas pour mes chiens, si j'en avais.

J'en ai vu en quantité avec des cuisines artificielles et des ateliers dans le sous-sol; on n'aurait qu'à les dénoncer au conseil de salubrité, mais le locataire s'en gardera bien. Ce n'est pas le local qu'il loue, mais le quartier. Quand je me rappelle le rapport que feu M. Blanqui a fait sur les caves de Rouen et que je rentre d'une visite faite dans les sous-sols des boulevards, ces caveaux humides et nauséabonds, sans air et sans jour, dont on ne peut ouvrir les soupiraux sous peine de ne respirer que la poussière du macadam, je me demande s'il existe un conseil de salubrité à Paris.

Je reprendrai d'ailleurs, une à une, toutes les objections qu'on a faites, sous prétexte de liberté, pour trouver des raisons en faveur de l'augmentation plus qu'exorbitante des loyers. Il y en a de très-plaisantes, faites par des hommes graves, mais propriétaires.

Il y a donc proprement dit, à Paris, *une famine de loyers*. Ceux qui en ont par de nouveaux baux sont encore plus malheureux; leur provision de pain est faite, mais ils sont exposés à mourir de mort violente (de faillite) avant de pouvoir en jouir. Mieux vaut, en temps de guerre, vivre au jour le jour.

Non pas que les loyers manquent : il y en a partout. J'en ai vu cinquante en une semaine. Mais comme les détenteurs peuvent attendre, attendu que deux appartements payent une maison entière, et que les propriétaires ne payent pas d'impôts de location pour un appartement non loué, — comme si le marchand de sel pouvait demander qu'on lui rendît son droit d'impôts, s'il ne vend pas sa marchandise, — et que les locataires sont pressés, le prix des loyers, loin de baisser, monte et montera toujours ; car, chose exorbitante ! le propriétaire ne paye pas d'impôts pour ses appartements non loués. Sur ses réclamations, le fisc lui rend la contribution payée pour toute propriété non louée ! D'ailleurs, la plupart des locaux à louer, j'en ai acquis la certitude, ne sont disponibles que parce que les propriétaires, sous un prétexte quelconque, ont donné congé à leurs locataires pour augmenter le loyer.

C'est la même situation qu'un marché de blé, dans un temps de famine, avant la circulation des grains par les chemins de fer.

Le blé ne manque jamais partout ; mais, comme les voies circulatoires étaient restreintes, il y avait de temps à autre disette et cherté excessive. A vrai dire, il n'y avait jamais disette complète ; seulement, les prix des blés étaient exorbitants, inaccessibles à la majorité des habitants.

Que n'a-t-on pas fait, que n'a-t-on pas écrit pour et contre les accapareurs! La vérité est que les gouvernements, partout, étaient forcés de prendre différentes mesures, plus ou moins efficaces, afin de faire baisser les prix du blé et de défendre toute coalition des propriétaires de grains, cette coalition fût-elle factice, réelle, patente ou latente. A Paris, naguère encore la ville a créé la Caisse des boulangers pour livrer le pain à meilleur marché, du moins momentanément, à la classe ouvrière. Les chemins de fer ont rendu ces mesures inutiles. S'il y a une mauvaise récolte en France, il n'y en a pas en Moldavie et en Amérique. Le tout est de faire arriver la farine avant l'hiver.

Il en est de même des loyers de Paris.

Ils sont chers dans le centre, ils le sont un peu moins aux extrémités; qu'il y ait des chemins de fer du centre aux extrémités, ils baisseront là, augmenteront ici, et l'équilibre se rétablira.

Mais nous n'avons pas encore et nous n'aurons pas de sitôt des chemins de fer à Paris.

Voyons donc ce qu'il y a à faire en attendant.

Car, je le répète, dans l'état actuel des choses, plus on bâtira, et surtout par nos architectes d'aujourd'hui — qui sont aux locataires ce qu'est le chien au gibier, et qui d'ailleurs, sauf de rares exceptions, ne sont que des maçons sachant l'orthographe des maisons, — moins les loyers diminueront. Il faut autre chose! Il faut que le gouvernement, qui représente la justice pour tous, soit sévère mais juste, et qu'il n'ait plus de bontés excessives, qui sont autant de priviléges pour les propriétaires. La base du gouvernement ne repose pas seulement sur les propriétaires — on ne s'appuie pas sur ce qui fléchit — mais sur le peuple, c'est-à-dire sur l'immense majorité des locataires. Qu'il écoute la voix des uns et des autres, qu'il laisse la parole aux locataires comme aux avocats des propriétaires — car ils ne savent guère se défendre en personne, — et qu'il juge en dernier ressort. C'est une question de vie et de mort, la question brûlante du présent et de l'avenir le plus proche.

Paris est la capitale non-seulement de la France, mais de l'humanité.

Les loyers sont à Paris ce qu'est le corps à l'âme.

Sans la santé du corps, l'âme s'amoindrit et va chercher ailleurs son centre de gravité.

II.

Avant de poursuivre cette étude économico-sociale, citons les objections banales de nos adversaires.

« L'état de choses, tel qu'il est, est le résultat de la liberté des transactions. Qu'on touche seulement à cette sainte liberté et l'édifice social croulera. Si les appartements sont chers à l'excès, si les baux sont exorbitants, c'est la faute des locataires qui se font une concurrence effrénée. En toutes choses, la rareté produit la cherté. Il y a abondance de locataires et pénurie de propriétaires. Pour une boutique à louer, trente marchands courent à l'envi pour la surenchérir. A peine met-on un écriteau à la porte qu'il y a steeple-chase d'amateurs. Laissons la liberté aux uns et aux autres. Quand il y aura plus de locaux que de locataires, la marchandise baissera et tant pis pour ceux qui ont fait de longs baux. »

D'abord cette liberté absolue entre le vendeur et l'acheteur, entre le loueur et le locataire n'existe nulle part pour aucune branche d'industrie et de commerce, pas même pour l'honnête usurier. On a bien fait une tentative dans ce genre pour l'argent, on en fera d'autres encore; mais une courte expérience prouvera que la liberté absolue en toutes choses est l'anarchie, et toute anarchie conduit à la tyrannie. Il n'y a en général rien d'absolu sur cette terre, tout est relatif. Le propriétaire a-t-il la liberté absolue de construire des maisons à neuf étages, de les avancer sur la voie publique selon son plaisir, de faire des sous-sols malsains, des cours sans air et jour? Je sais bien qu'ils transgressent la loi sagement faite et que l'édilité de Paris dans ce moment est très-indulgente pour les constructeurs, mais le moment viendra, tôt ou tard, où la ville de Paris sera forcée d'intervenir au nom de la loi et de hygiène.

Laissez la liberté absolue aux architectes et bientôt il n'y aura plus d'appartements habitables, excepté le leur. L'homme est ainsi fait. Il sait abuser de toutes choses et n'user de rien. Très-peu d'hommes admettent qu'ils soient responsables vis-à-vis de la postérité, pourvu que, pendant leur vie, tout aille à leur souhait; l'avenir n'existe pas pour eux.

Si la liberté absolue des transactions était possible un seul jour, il n'y aurait jamais eu ni Code ni législateur.

Voyons un peu cette liberté de transaction dans le commerce.

Je vends un châle 3,000 fr., il n'en vaut que 2,000. L'acheteur l'a vu et examiné comme moi.

Il était libre de l'acheter ou de le laisser. Pourtant, pour peu qu'il trouve le châle trop cher, il peut porter plainte; le châle sera estimé et le vendeur forcé, ou de reprendre sa marchandise, ou de lui rendre 1,000 fr. Notez bien que je puis parfaitement vivre sans châle, mais qu'il me faut un appartement, sous peine d'être arrêté comme vagabond.

Et puisque l'autorité a établi une caisse de boulangerie, que n'établit-il une caisse des propriétaires? L'appartement est d'une nécessité plus grande que le pain. Tout le monde me donnera du pain pour vivre huit jours, personne ne me prêtera sa chambre.

Mais je ne demande même pas l'intervention du gouvernement.

Une marchande de modes, une lingère, vend à la

femme d'un propriétaire des chapeaux, des coiffures et des broderies. La propriétaire était libre de ne pas acheter. Elle était libre de marchander et de convenir du prix. Mais non. Même prix convenu, dès qu'elle juge à propos de ne pas payer sa note, elle va, sous un prétexte vrai ou faux, chez le juge de paix, de là à l'expert qui estime la valeur intrinsèque de la marchandise vendue, la réputation du confectionneur et le bénéfice honnête et modéré du vendeur ; puis, le compte fait, il prononce en dernier lieu et fixe la somme à payer (1). Est-ce là la liberté de transaction au nom de laquelle on veut excuser 50 0/0 et jusqu'à 100 0/0, prélevé par le propriétaire *non constructeur* sur un malheureux locataire ? Encore s'il y avait expertise, si le locataire manant attaché à la glèbe, expulsé, après quinze et vingt années de labeur, pouvait appeler son seigneur devant des prud'hommes. C'est tout ce que je demande. Je ne demande que l'égalité devant le Code civil entre le marchand et le propriétaire, entre l'emprunteur et le prêteur. Cette inégalité entre le marchand et le propriétaire est flagrante, et il suffit de la signaler pour qu'on la prenne en sérieuse considération.

La marchandise que j'offre à l'acheteur, j'en ai payé

---

(1) Il y a à peine six mois que le tribunal a réduit à moitié une note de lingerie et de tapissier, et il n'y avait nullement tromperie ni sur la quantité ni sur la qualité.

l'impôt de patente, puis d'autres droits, si c'est une denrée ou si elle vient de l'étranger.

Que je la vende ou non, il faut que je paye à l'État comme si elle était vendue.

L'État ne me permet pas d'étaler un châle et de lui dire : « J'en payerai le droit le jour où je le vendrai, sinon je ne le payerai pas. »

Eh bien ! c'est pourtant ce que fait le propriétaire. Il met un écriteau à sa porte : *Appartement à louer.* De cet appartement il n'a payé que la patente, presque rien. Le jour seulement où il le loue, il paye définitivement la contribution pour la valeur locative. S'il ne loue pas, il réclame et ne paye rien, absolument rien. Il rend son châle ou son sel au gouvernement, dont il n'a payé que certain droit foncier, et lui dit : « Tant pis pour toi. je n'ai pas trouvé d'acheteurs, je veux dire de locataires. »

Quoi d'étonnant que les appartements soient d'une cherté frisant la folie !

Qu'on accorde ce privilége aux marchandises : à l'instant elles augmenteront de cent pour cent; car c'est un privilége, si jamais il en fut. Qu'on l'accorde pour quelques années à des propriétaires qui élèvent des maisons neuves, rien de mieux pour quelques années seulement ! Mais l'accorder aux propriétaires des vieilles maisons, c'est un privilége odieux, presque aussi odieux que l'ancien droit de jambage et de champart.

Tout propriétaire doit payer l'impôt comme si toute

sa maison était louée, absolument comme le marchand paye le droit de sa marchandise, vendue ou non. A lui alors de la vendre ou de la louer.

Cette mesure d'urgence est de salut public.

Elle est capitale, elle fera baisser les loyers d'un tiers.

Revenons à la liberté illimitée des propriétaires. Ils l'ont prise à M. de Girardin, et c'est une idée fausse.

Il me plaît de sortir avec un lion apprivoisé; c'est ma propriété! J'en use et en abuse selon mon bon plaisir.

Cela plaira-t-il à mon propriétaire?

Il me dira : « Votre lion ne vous fait pas de mal, soit; mais il pourrait m'en faire. Veuillez donc l'enfermer dans une ménagerie. Pour cette fois, mon propriétaire aura raison.

Car la liberté de l'un s'arrête partout et toujours là où elle empiète sur la liberté de l'autre.

La liberté du propriétaire doit s'arrêter là où la liberté du locataire est lésée, autrement c'est de la tyrannie. De même la liberté du locataire doit disparaître dès qu'elle empiète sur celle du propriétaire.

Mais nul n'est juge et partie. Ni propriétaire, ni locataire ne sauraient dire et définir où commence la liberté de l'un, où s'arrête la liberté de l'autre. *Il faut pour cela, dès qu'il y a litige, des juges, des experts, des prud'hommes?*

L'épicier est-il libre de dire à l'acheteur : Monsieur, voici du café, de la chicorée, du sel, du riz, veuillez examiner vous-même la qualité, puis nous conviendrons du prix.

Nullement. L'acheteur, dès qu'il se croit lésé, soit sur le poids, soit sur la qualité, court chez le juge, même sans qu'il s'agisse d'empoisonnement ou de falsification.

Pourquoi donc le propriétaire aurait-il cette liberté absolue? Et, si je trouve, huit jours après l'occupation de sa maison, qu'il m'a loué un appartement malsain, puant et trois fois le prix qu'il ne vaut; si je lui prouve, livres en mains, qu'il a spéculé sur mon travail, que dans un moment de besoin je lui ai promis cinquante et jusqu'à cent pour cent, pourquoi n'y aurait-il pas un juge auquel je pourrais m'adresser pour résilier ce bail? Libre à ce juge de me dire : Monsieur, vous avez tort, mais jamais je ne dois être forcé de croire mon propriétaire. Or, si l'on pouvait citer son propriétaire devant la justice pour avoir frustré sciemment son locataire et avec la circonstance aggravante que, si le locataire avait refusé, il aurait risqué de mourir de faim (et mieux vaut encore travailler pour lui et ses enfants et avoir de quoi dîner sous la table), on opposerait tout simplement une fin de non-recevoir.

Il n'y a pas dans le Code un article à ce sujet, on n'a songé qu'a l'usure de l'argent prêté, nullement à l'usure d'un instrument de travail, et une propriété louée n'est au fond qu'un instrument de travail pour le locataire.

En vérité, le vassal était plus libre dans l'ancien

temps, car, du moins, on ne l'expulsait pas de sa terre. c'était un bail à l'éternité. Mais aujourd'hui un propriétaire vous loue sa maison, vous y travaillez, vous y créez une industrie, sauf deux ou trois états exceptionnels, vous y gagnez votre vie ; admettons même qu'au bout de vingt ans on y ait gagné 5,000 fr. de rente, en échange d'une vie de soucis et de labeurs.

Mais le bail fini et le locataire devenu vieux, le propriétaire ayant trouvé un autre vassal plus jeune, plus vigoureux qui lui offre un pot-de-vin, vous dit simplement : Allez vous-en.

— Mais, monsieur, je ne suis pas riche.

— Tant pis pour vous !

— Mais j'ai des enfants.

— Je n'en veux plus dans ma maison.

— Mais mon industrie est attachée à la maison.

— Votre industrie me déplaît ! Vous employez des ouvriers et des ouvrières. Votre voisin n'est pas confectionneur, et il m'offre 3,000 francs de plus ; allez vous-en.

— Mais c'est injuste !

— C'est la loi de la liberté ! Vous êtes libre de prendre un autre établissement, moi, je suis libre de louer le mien à qui bon me semble.

— Mais je vous ai enrichi. Je vous ai toujours donné six et même dix pour cent. Aujourd'hui je vous offre vingt pour cent.

— Vous avez payé votre bail. Ma fortune ne vous

regarde pas. Vous êtes trop vieux, et franchement, pour tout vous dire, je ne veux pas vous augmenter, vous qui êtes habitué à ma maison. Votre voisin, étranger à la maison, je peux l'augmenter à ma volonté, et je l'accepte.

Croit-on que ce locataire soit libre et qu'il y ait égalité devant la loi ? Mais pour lui, le malheureux, il n'y a même pas de loi!

Que fait-il? Il prie, supplie, pleure, menace, pour qu'on lui laisse la boutique moyennant 4,000 francs d'augmentation de loyer et 25,000 fr. de pot-de-vin. J'en citerai six de ma connaissance. Arrive un mauvais moment, le locataire est ruiné. Qu'importe au propriétaire! il a ses six mois d'avance et les intérêts même de l'argent déposé, et puis, il prélève son dû, pour toute la durée du bail, sur le mobilier et sur les marchandises, avant tous les autres créanciers.

Qu'est-ce donc, ô mon Dieu! que la propriété de Paris?

Qu'est-ce donc que le propriétaire de Paris, au milieu d'une civilisation de justice et d'humanité, et après une révolution de soixante ans, qui a coûté la vie à plus de soixante millions d'hommes, au nom de l'*Égalité?*

Vraiment, vraiment, quelque chose est à faire!

III

On dit encore, sous forme d'objection, que tout a augmenté dans d'énormes proportions depuis la découverte des mines de la Californie; que l'argent ayant perdu de sa valeur, ne représente plus que la moitié de ce qu'il a représenté; que les locataires marchands vendent quarante francs ce qu'ils ont vendu vingt il y a dix ans; que, vu cette augmentation de toutes choses nécessaires à la vie, il était naturel que le propriétaire, à son tour, augmentât son loyer.

En tout cela, on a pris et l'on prend encore l'effet pour la cause, et la cause pour l'effet.

Tout d'abord, si c'est à la Californie que nous devons la cherté, pourquoi n'est-elle pas universelle dans les mêmes proportions que celle des loyers de Paris? Les vivres sont-ils plus chers dans le même degré? Paie-t-on un salaire triple et quadruple? Mes articles me sont-ils mieux rétribués qu'en 1850? Un poulet coûte-t-il le double, le triple de ce qu'il a coûté? La vérité est que les vivres à Paris, à peu de chose près, sont presque toujours du même prix de revient; ceux qui les livrent ne profitent guère de l'augmentation, ou du moins cette augmentation, là où elle existe réellement, est à peine sensible. Si les vivres sont plus chers à Paris, c'est uniquement parce que le débitant a trop de frais de loyer, et qu'il faut absolument qu'il gagne 30 à 40 pour cent pour couvrir les intérêts qu'il paie à son propriétaire.

Ni le café, ni le sucre, ne sont plus chers qu'il y a quelques années. Seul, le vin a augmenté, après quatre années de disette. La viande, qui a augmenté à Paris, a également haussé à Berlin, à Francfort, à Vienne, non pas à cause de la Californie, mais parce qu'on en consomme plus.

Il en est de même de tous les articles de première nécessité. Celui qui, à Paris, veut faire ses emplettes à la halle, verra que les vivres, sauf quelques articles rares, comme les truffes, n'ont pas augmenté d'un cinquième, depuis plus de huit ans. Si après avoir acquis cette conviction, il paie pourtant 10 fr. au restaurant ce que naguère il payait 3 ou 4 fr., il le doit uniquement à la cherté excessive du loyer de Paris.

On peut dire hardiment, sans risquer un paradoxe, que tout ce qui est cher à Paris se règle sur le loyer. C'est l'augmentation boursière du loyer qui a changé tous les rapports de Paris et qui les change tous les jours.

Voici pourquoi :

Paris, malgré son étendue, ne vit en détail que des étrangers. De tout temps Paris était, non seulement une ville de plaisirs et de luxe, mais encore de grand bon marché. Tout y était en abondance, et l'on n'y payait cher que les produits d'art, de luxe et de talent.

N'allez pas croire que le propriétaire de Paris, prélevant 50 et 60 0/0, va faire des dépenses proportionnées à ses revenus. On serait dans une étrange erreur.

Le propriétaire de Paris est rarement un homme de dépenses et de luxe. D'ordinaire, il accumule ses rentes et se moque de son locataire qu'il appelle un fou et un dépensier.

D'ailleurs, le propriétaire de Paris vit peu à Paris.

Les loyers sont trop chers pour lui.

N'ayant pas besoin de travailler dans la capitale pour gagner sa vie, il nomme un gérant pour ses affaires, et va planter ses choux en province, où il achète une maison de campagne. Et puis, le propriétaire de Paris n'aime pas demeurer dans sa propre maison. Il n'aime pas à être tracassé par ses locataires. Je connais des maisons dont les locataires ne connaissent même pas le propriétaire. Ils l'adorent ou le maudissent en effigie.

Le marchand de Paris, celui qui paie si cher le loyer, ne vit donc pas des propriétaires, mais plutôt des hommes d'affaires, des travailleurs, de l'aristocratie de naissance et de talent, et surtout des étrangers.

Or, voici ce qui est arrivé depuis trois ans.

Il y avait à Paris une colonie d'Anglais et de Russes

qui, dans un but d'économie, s'y étaient établis et y avaient choisi domicile.

Ces étrangers, les Anglais surtout, avaient d'ordinaire une nombreuse famille à laquelle ils aimaient de préférence donner une éducation française.

Ces familles ont complétement disparu depuis trois ans.

Elles payaient des loyers de deux et trois mille francs aux Champs-Élysées. On leur en demande dix à douze mille pour le même appartement. Or, la plupart d'entre elles avaient réglé leurs dépenses sur leurs rentes. Ces rentes ne consistant pas en propriétés de Paris, n'ont pas augmenté; force fut donc à ces familles de quitter la capitale. Les unes sont allées aux bords du Rhin, les autres sont retournées à Londres. Les vivres y sont plus chers qu'à Paris, mais les loyers y sont meilleur marché. On peut économiser sur les vivres, mais on ne peut pas, avec une famille, renoncer à l'espace et à l'air.

Depuis cette époque, les étrangers venant à Paris vivent comme l'oiseau sur la branche, ou dans l'hôtel, ou dans des pensionnats en commun.

Ils y viennent pour leurs affaires, pour faire des visites, mais ils ne s'y établissent plus comme autrefois, sauf toutefois deux ou trois millionnaires qui, soit par ostentation, soit de parti pris, aiment à pouvoir se vanter de payer vingt et trente mille francs de loyer. Hélas! c'est une manie qui ne dure guère !

Les affaires, loin donc d'augmenter, ont diminué

depuis deux ans. Cette diminution n'est nullement due à la politique, elle est uniquement le résultat de l'augmentation excessive des loyers.

Sans être mauvais prophète, j'oserai prédire que les affaires de détail diminueront de plus en plus. Je n'ai qu'à lire les journaux allemands et anglais qui exagèrent même cette cherté de Paris dans les hôtels, les restaurants et les cafés.

Loin donc de dire que la cherté des loyers est l'effet de la cherté des marchandises et des denrées, on peut hardiment prétendre que l'augmentation de toutes choses à Paris est le résultat exclusif du loyer augmenté, et que, vu les baux faits depuis cinq ans et faits dans un moment de vertige, les articles de Paris se maintiendront à cette hauteur excessive, ou bien il y aura une crise commerciale dans les détails, en dehors de toute considération politique, comme on n'en a jamais vu.

IV (1).

L'architecture est un art essentiellement social et national. Le musicien, le peintre, le poète, le sculpteur peuvent devancer leur siècle ou faire abstraction de toute nationalité. L'architecte se plie non-seulement aux idées de son siècle, mais encore il subit l'influence des hommes qui l'entourent ; il représente dans son art, soit la grandeur, soit la décadence de la génération au milieu de laquelle il vit et construit. Il n'est pas toujours très-facile de reconnaître la tendance d'une époque à sa littérature ou à sa peinture. Quiconque voudrait juger la France sur ses pièces de théâtre et ses romans en vogue se tromperait étrangement, bien que la vogue d'un mauvais livre (j'appelle mauvais livre une œuvre sans art, sans idéal et sans portée) indique bien un mauvais souffle qui agite la génération, mais à coup sûr en étudiant l'architecture nationale d'un pays, on peut en tirer des conclusions politiques et sociales de la plus haute importance.

(1) Je dédie ce chapitre à mon ami Aldrophe, un architecte dans toute l'acception artistique du mot.

Dans ce but, il ne faut pas se borner à étudier les édifices et les monuments publics. Il se peut que le chef de l'État soit un homme de goût et impose son goût à l'architecte. Ainsi, en regardant le nouveau Louvre, on peut, certes, trouver à redire et lui reprocher un manque de concision et de synthèse, car l'art est concret, mais on ne pourrait lui refuser une certaine grandeur de conception et de la verve dans les détails. On y reconnaît une main sûre et puissante. Il en est de même du bois de Boulogne. On y découvre les mêmes défauts et les mêmes qualités qu'au Louvre.

Mais les hommes qui imposent leurs idées aux architectes pour des monuments et des jardins publics, ne sauraient s'occuper des édifices destinés aux particuliers et à la majorité des habitants. Ils ont beau faire des percées à travers des quartiers tortueux et boueux, ils peuvent démolir, mais comme chacun est libre de construire selon ses besoins et ses intérêts, l'esprit de l'époque surgit de tous côtés et se montre jusqu'au sixième étage.

Eh bien! malgré l'apparence élégante de nos constructions, malgré nos dorures et notre luxe, je déclare, pièces à l'appui, que jamais à aucune époque, l'architecture n'a divorcé avec l'art à un point si flagrant que depuis quelques années.

Jamais non plus l'architecture, malgré la loi de 2 mètres 60 centimètres de hauteur voulue pour le plafond, n'a tenu si peu compte de l'hygiène publique. Que m'importe la hauteur de mon plafond si, tout autour de la maison, je n'ai ni air, ni jour, ni un brin de verdure ?

Une petite cage dans un immense jardin est certainement moins dangereuse pour l'oiseau qu'une grande cage entre quatre murs.

Qu'on veuille flâner avec moi à travers les maisons-casernes neuves de Paris, on verra des monstruosités indignes, je ne dis pas d'un architecte, mais d'un maçon qui a quelques sentiments humains.

Qu'on aille voir le jour couleur soufre et souffreteux de la grande caserne qu'on a élevée à la place de l'hôtel d'Osmond, et pourtant la maison n'est pas encore sous toit, et le jour de la cour de derrière n'est pas encore couvert par la maison qu'on va élever à côté.

Même jour dans la cour de la maison neuve faisant le coin de la place du Louvre et du quai.

Même horrible jour, couleur sable de mer, dans plusieurs maisons élevées sur le boulevard des Capucines.

Ce n'est point assez.

Tout autour de la place du Palais-Royal, du Louvre, et maintenant à l'hôtel d'Osmond, on élève d'immenses fours de plomb en guise de toits. C'est horrible à voir et aussi malsain que laid. Cela représente un *front fuyant* et, comme tout front fuyant, le crétinisme au premier degré.

Faut-il parler de cette nouvelle et malencontreuse invention de transformer les caves en appartements sous le nom déguisé de sous-sols?

La ville de Berlin, où il y a parfois 23 degrés de

froid pendant trois mois, avait inventé *les caves*. Il y a à Berlin de grands restaurants et des brasseries considérables dans les caves. Mais non seulement ces sous-sols sont très-luxueux, non-seulement ils ne reçoivent pas la poussière du macadam en guise d'air, mais encore leurs fenêtres sont à fleur de terre; ils n'ont pas de soupiraux et surtout pas de jour réfléchi sur des dalles.

Eh bien! malgré tout cela, l'édilité de Berlin s'est vue forcée d'y renoncer et même de les défendre. L'homme, il paraît, n'est pas fait pour être troglodyte. Vivant, l'homme doit demeurer sur la terre, mort seulement, il rentre dans le sous-sol.

Qu'on aille donc visiter les sous-sols de Paris. J'en ai vu deux, dont l'un au *Palais de l'Industrie*, au coin de la rue Michaudière, et deux autres dans des cafés du boulevard transformés en cuisine, j'en frémis encore d'horreur et de dégoût.

Dans l'un, des ouvriers accroupis, happant un filet de jour, font des confections; dans l'autre, il y a une cuisine. En ouvrant la porte, j'ai failli m'évanouir.

On a beau railler et dire que l'homme ne vit pas d'air et d'eau fraîche; l'homme, au contraire, vit essentiellement d'air. Ce que l'eau est au poisson, l'air l'est à l'homme. Il peut rester plusieurs jours sans manger ni boire, il supporte le chaud et le froid, mais il ne vivra pas cinq minutes sans air, et il ne vivra pas cinq semaines dans un air corrompu et impur.

L'air seul ne suffit pas pour la santé de l'homme.

Il faut encore que cet air soit imprégné d'émanations végétales. L'arbre, l'herbe, la fleur sont plus nécessaires à l'homme que le pain et la viande.

Or, malgré tous les soins du gouvernement à aérer Paris, les propriétaires détruisent dans l'intérieur de leurs maisons ce que l'administration construit dans les rues et sur les places publiques.

Dans les vieilles maisons de Paris, je vois de vastes cours, des pièces hautes et spacieuses. Certes, le terrain est trop cher à l'heure qu'il est, mais à qui la faute? Qu'on fixe par une loi la grandeur voulue d'une cour; qu'on fixe le minimum des pièces, et forcément le terrain diminuera. Pourquoi est-il si cher? Parce qu'il est permis de l'exploiter jusqu'à l'excès. Quand on saura que tant de mètres de terrain ne pourront servir qu'à tant d'appartements, on le payera en conséquence. Quand l'entrepreneur, se donnant le nom d'architecte, qui exploite le locataire à travers le propriétaire, saura qu'il ne pourrait pas faire des compartiments à la place d'appartements, il calculera le prix d'achat. Si le terrain est si cher, c'est qu'il est permis d'en abuser. C'est qu'il est permis de faire de véritables appartements-cercueils pour des morts debout.

Faut-il que je cite les numéros de plusieurs maisons qui, il y a un an, avaient des cours spacieuses et aérées et des appartements de $4^{m},50$ de hauteur, et qui, aujourd'hui, n'ont plus ni jour ni air, et dont le plus bel appartement n'a que $3^{m},10$. Il est vrai que de cinq appartements on en a fait dix, et ceux qui ont payé 4,000 fr. en payent 14,000. En revanche, ils demeurent dans une maison neuve. Leurs portes sont dorées et à deux battants, le cinquième s'appelle le quatrième au-dessus de l'entresol, il y a un tapis sur l'escalier et un banc à chaque étage. Le propriétaire, qui est un philanthrope, y tenait.

Et cet état empire toujours.

Et toujours les architectes chercheront à monter et à descendre, au cinquième et dans la cave, aux dépens de la santé et de la prospérité publiques.

On se plaint à Paris du manque de terrain. Ce n'est pas la terre, c'est le ciel qui manque. La lune ne se promène plus qu'au bois de Boulogne, et le ciel n'est plus visible que sur la place de la Concorde.

V.

Toute injustice, tout abus se fait sentir à la longue, même pour ceux qui les ont ignorés ou qui n'y ont contribué d'aucune façon.

De même que la moindre égratignure d'un membre

réagit sur l'organisme du corps humain, de même dans le corps social le moindre abus, s'il n'est pas extirpé, réagit sur toute la société. Et si cet abus se gangrène, si petit qu'il soit, il compromet l'existence du corps social.

Le premier vertige des prix excessifs des loyers vient de la Bourse. La Bourse est au centre de Paris. Les agents de change, les coulissiers, les spéculateurs se groupaient, se serraient, se collaient autour de la Bourse comme les abeilles et les frêlons autour de leur ruche. On se disputait une alvéole au prix de l'or. Et, comme à la Bourse, dans les conditions où elle était, on ne regardait ni à mille, ni à trois mille, ni à six mille francs, les appartements montaient comme une soupe au lait sur un feu de braise. Cela n'est point étonnant. Quand on gagne de l'argent, beaucoup d'argent sans un travail lent, assidu, soutenu, on ne calcule pas. Il n'est même pas nécessaire que l'on soit sûr de gagner. L'espoir de la chance aléatoire suffit. Il est presque ridicule de perdre son temps à discuter avec un propriétaire et à lésiner sur quelques billets de cent francs, si, d'une seule parole, on risque dix et vingt mille francs. J'ai vu, à cette époque, des appartements loués 1,200 et 1,800 fr. monter jusqu'à la somme de 12,000 fr. Il fallait un bureau et un pied-à-terre aux environs de la Bourse. Il le fallait à tout prix, à trois mille, à cinq mille boursiers, agents, coulissiers, spéculateurs! Les loups et les agneaux, comme dit le Prophète, paissaient les uns à côté des autres; le détenteur du bercail riait sous cape et bénissait l'agiotage et ses bienfaits.

Ce vertige s'est un peu calmé. Mais les résultats n'ont pas cessé pour les boutiquiers travailleurs qui ont fait des baux et qui ont spéculé sur cette affluence de monde et le dédain pour la petite monnaie. La petite monnaie revient peu à peu. On l'estimera encore plus dans l'avenir.

Un autre grand petit abus a produit le même effet. Il est d'usage à Paris que l'on donne deux sous au garçon du café et du restaurant. C'est le minimum pour une seule personne. Le limonadier gagne d'ordinaire 60 p. 100 sur la consommation. Il ne peut pas exister sans ce bénéfice. Mais du moins il pourrait payer ses garçons pour servir le chaland, comme cela se pratique en Allemagne et en Angleterre. Ou bien il pourrait laisser le pourboire à ses domestiques, que l'habitué de la maison rétribue selon son plaisir et son goût. Mais non ! non-seulement il ne paye pas ses garçons, mais il partage avec eux le tronc des pourboires. Je connais des cafés et des restaurants qui, après avoir prélevé la moitié du tronc, y laissent la somme fabuleuse de *soixante mille francs* par an. Ce n'est donc pas le travailleur garçon qui gagne à cet abus, mais le cafetier. Or, le cafetier vous dira qu'il ne pourrait pas payer 30, 40 et jusqu'à 60,000 fr. de loyer sur le boulevard sans les deux sous de pourboire par chaland. Il vous dira, ils me l'ont dit et prouvé, que le traité de commerce conclu avec l'Angleterre dans une intention de bien-être national n'aura pas la moindre influence sur la con sommation dans les restaurants et les cafés, attendu que tout cela est absorbé par le loyer.

Grâce à ces loyers exorbitants offerts par les restaurants et les cafés, le marchand à côté paye 3,000 et 5,000 fr. de plus pour une boutique dans le centre de Paris.

Or, s'il ne donnait pas deux sous de pourboire au garçon, lequel n'en profite pas, le cafetier serait forcé de descendre au niveau du marchand détaillant, tandis qu'à l'heure qu'il est, le détaillant, pour arriver à la hauteur de son loyer, est forcé de vendre cher pour faire la concurrence aux limonadiers qui *guignent* son local.

Je sais que tout cela ne durera pas. Oui, il est une fin tôt ou tard à tous les abus, à toutes les extravagances, à toutes les injustices. Mais, en attendant, ceux qui ont signé des baux y laisseront leurs peaux. Ne vaut-il pas mieux que nous voyions nous-mêmes le terme d'un abus? Ne serait-il pas temps d'étudier un peu ces petites misères qui font couler tant de larmes secrètes, qui aigrissent les esprits et qui, de chaque locataire de Paris, font un malcontent malgré lui?

VI.

Il existe un Code de commerce pour toutes les branches de l'échange et du travail industriels et agricoles. Il existe des conventions écrites pour les banquiers, pour l'hypothèque, pour l'emprunteur comme pour le prêteur. Seuls les baux et les loyers sont encore régis selon l'ancienne coutume. Il y a bien des articles de loi réglant les rapports locatifs, mais quant à la manière de faire le bail, de louer un appartement, tout est de convention, même le denier à Dieu.

C'est ainsi que, selon l'ancienne coutume, le bailleur de fonds exige le paiement de six mois d'avance, sous forme de garantie. Soit. Mais puisque cette somme n'est qu'un dépôt, qu'une garantie, pourquoi n'est-elle pas déposée à la Caisse des consignations? D'où vient que le propriétaire, en sus de sa garantie, prélève les intérêts de l'argent de ses locataires? Ce n'était rien du temps de l'origine de cette coutume. On déposait 500 fr., mille francs au plus. Dans ce temps, au milieu des circonstances qui n'existent plus, il était peut-être nécessaire de protéger la propriété; mais aujourd'hui, protéger la propriété immobilière dans les grands centres de populatian, c'est puiser l'eau dans les ruisseaux et la porter à la mer.

Comprend-on qu'un locataire soit forcé de déposer pour le loyer six mois d'avance, une somme de dix, vingt et jusqu'à quarante mille francs, et qu'au bout de quatorze ans, le propriétaire, outre son bail, a vû doubler dans sa main cette même somme de dépôt (1)?

Qui donc garantit le locataire contre le propriétaire? car, chose révoltante, la loi a tout prévu en faveur du propriétaire; les hommes seuls chargés d'exécuter cette loi sauvegardent, autant qu'il est en leur pouvoir, le droit du locataire. Ainsi, en cas de faillite et de force majeure, le propriétaire a le droit de saisir toutes les marchandises en magasin, afin de garantir toute la durée du bail. Supposez un failli ayant pour un million de marchandises en magasin et vingt ans de bail, le propriétaire s'empare de toutes les marchandises, les fait vendre, prélève la somme de vingt années de bail, sauf aux créanciers de sous-louer le magasin, avec ou sans consentement du propriétaire. Ainsi donc, personne n'est garanti contre la faillite, excepté le propriétaire. Privilége exorbitant qui n'a aucune raison d'être (2).

---

(1) Il serait curieux de faire un relevé de l'argent déposé d'avance chez les propriétaires de Paris, dont ils prélèvent les intérêts aux dépens des locataires. Ces intérêts doivent se monter à plusieurs millions.

(2) *Cour de cassation*, 28 *décembre* 1858.

« Le propriétaire locateur par bail authentique a droit en cas

On a beau objecter que le locataire sait tout cela d'avance, que c'est à lui de ne pas souscrire à cette condition onéreuse. Est-ce que l'emprunteur, signant une lettre de change à 40 0/0 ne sait pas ce qu'il fait? je vous le demande ; cela l'empêche-t-il de pouvoir, sa lettre de change en main, dénoncer son prêteur comme usurier? Est-ce que la loi n'a pas partout prévu ces cas

---

de faillite du preneur, d'être payé par privilége pour tous les loyers à échoir comme pour ceux échus, alors même que les lieux reloués à un tiers restent garnis du mobilier du failli, dont ce tiers s'est rendu adjudicataire. Code Nap., 2102. »

« Le propriétaire peut, dans ce cas, exercer son privilége pour tous les loyers à échoir ; bien que, aux termes du bail, le locataire failli fût autorisé à céder, dans des conditions prévues, son droit au bail. Les créanciers du failli ne pouvant se prévaloir de ce droit et la cession par eux consentie devant être considérée comme l'équivalent de la relocation que l'article 2102, Code Nap. leur permet de faire pour indemniser du paiement des loyers. »

» *Le propriétaire a le droit d'exiger le paiement actuel des loyers à échoir, malgré l'offre que les créanciers lui feraient d'une caution ou d'une hypothèque ou même d'une consignation du produit de la vente du mobilier.*

» Les créanciers qui, usant du droit que leur accorde l'art. 2102, Code Nap., relouent l'immeuble loué à leur débiteur failli, s'engagent, par cela même, *personnellement*, à payer tous les loyers *échus ou à échoir* dus au propriétaire, et, par suite, ils sont sans intérêt à s'opposer à ce que ce dernier exerce son PRIVILÉGE sur le prix provenant de la vente d'objets autres que le mobilier. »

Privilége, dit cet article. Aveu naïf! car c'en est un, aussi ort, aussi injuste, aussi illogique que ceux de la noblesse du noyen âge! C'est le cas ou jamais de s'écrier avec *Léon Faucher*, l'ancien ministre : « On voit trop que les propriétaires ont la loi et qu'ils l'ont faite dans leurs intérêts! »

de force majeure ? Le locataire est-il libre de ne pas subir les conditions du propriétaire quand son commerce, son pain est attaché à la propriété? Le fût-il, la loi doit empêcher l'abus de la force, l'abus de l'argent contre le travail, de même qu'elle intervient entre le patron et l'ouvrier.

Où donc seraient le danger et l'injustice si la loi ordonnait que les six mois d'avance des loyers fussent déposés à la caisse des consignations? Le propriétaire ne serait-il pas assez garanti par ce dépôt?

Le locataire du moins, en donnant cette garantie, ne perdrait pas ses intérêts.

Je le demande, en vérité, à tout homme juste et impartial, et j'attends une réponse plus spécieuse que celle que plusieurs propriétaires honteux m'ont faite et que je viens de citer.

Résumons préalablement les points capitaux de la théorie (1).

L'équilibre de Paris ne saurait être rétabli sans la création des chemins de fer intérieurs reliant le centre à toutes les extrémités, et donnant au Parisien la facilité de circulation d'un bout à l'autre de la capitale, sans perdre plus de temps qu'il n'en faut pour une course ordinaire de dix à quinze minutes.

(1) Si Dieu me prête vie et liberté, je reviendrai régulièrement de temps en temps sur ces graves questions, en les élucidant de mon mieux, et en les appuyant de faits patents et prouvés.

En attendant l'établissement de ces chemins de fer qui sont d'urgence, plusieurs mesures administratives peuvent obvier aux inconvénients des plus flagrants.

Premièrement :

On peut, dans chaque arrondissement, établir des prud'hommes, composés de propriétaires et de locataires de ce même arrondissement.

Ces prud'hommes ne donneraient-ils que des avis pour faire entendre raison aux propriétaires, qui veulent expulser des locataires de vingt ans, afin de leur arracher des pots-de-vin ou une augmentation usuraire, seraient d'une grande utilité. Ils calmeraient l'indignation des uns, rabattraient les prétentions exorbitantes des autres.

Je le déclare encore une fois, il ne suffit pas qu'un bail soit signé, pas plus qu'une lettre de change, pour qu'il ne puisse pas, à la rigueur, être qualifié de dol. Rien que l'établissement de ces tribunaux empêcherait d'immenses abus pour l'avenir. Quant au passé, si le gouvernement veut que le propriétaire de Paris soit le seul privilégié de trente-cinq millions de Français, et que lui seul ait le droit de louer son capital à 50, 60 et jusqu'à 100 p. 0/0 (1), il en est le maître. Mais le voudra-il? J'en doute.

---

(1) Cette usure des loyers n'eût jamais été admise un instant, par les propriétaires mêmes, si l'on n'avait pas entendu parler de 40, 70 et jusqu'à 100 0/0 gagnés à la Bourse par des actions industrielles.

Deuxièmement.

Tout propriétaire de vieille maison, outre sa patente, doit payer l'impôt locatif, que son appartement soit loué ou non, absolument comme le marchand de sel et de sucre, outre sa patente, paye l'impôt locatif, qu'il vende ou non sa marchandise.

Une exception à cette loi ne saurait être faite que pour le propriétaire qui construit une maison neuve, mais nullement pour celui qui démolit sa vieille maison et la rebâtit dans le but de tripler ses revenus.

Cette mesure seule ferait baisser les loyers de Paris d'un tiers.

Troisièmement.

Tout argent donné comme garantie des six mois d'avance de loyer doit être déposé à la Caisse des consignations, qui en payera les intérêts au locataire.

Ces trois mesures réunies seraient d'un immense effet, non pas pour les locataires seulement, mais pour le gouvernement lui-même.

A tort ou à raison, le Français a l'habitude de rejeter tous ses malheurs sur le gouvernement.

Loin d'attribuer ce sentiment à un esprit de légèreté et de fronde, il prouve que le Français a dans son cœur un idéal de gouvernement positif qui, à côté de la justice négative, empêchant le mal, s'occupe du bien positif.

Il a tort.

Dans notre société, le meilleur gouvernement ne saurait aller au delà de la justice stricte et nécessaire.

Le gouvernement de justice pour tous peut être une réalité en France depuis 89; il ne saurait même atteindre à cette hauteur nulle part ailleurs.

Le gouvernement d'amour national et fraternel n'existe qu'à l'état d'idéal. C'est le gouvernement de l'avenir.

Quelle que soit la forme du gouvernement, il remplit son but divin dès qu'il représente la justice pour tous. Hier il représentait la justice du capital contre le travail, aujourd'hui il l'exerce en faveur du travail contre l'abus du capital. Ce n'est pas seulement son devoir mais son intérêt. En général, le devoir sauvegarde toujours les intérêts légitimes.

Où est le devoir, où est l'intérêt qui puisse engager le gouvernement de l'Empereur à favoriser les propriétaires minorité aux dépens des locataires majorité?

Paris. — Imprimerie de Schiller aîné, 11, faubourg Montmartre.

www.ingramcontent.com/pod-product-compliance
Ingram Content Group UK Ltd.
Pitfield, Milton Keynes, MK11 3LW, UK
UKHW022145170726
13837UKWH00004B/1784

9 782329 169880